다시 바람의 집

조철호 시집

문학세계사

□ 시인의 말

『다시 바람의 집』을 내며

첫 시집 『살아 있음만으로』를 낸 후 20년이 훌쩍 넘었다.

그 이전에도, 그 이후에도 나는 신문기자로 일관했다.

42년간의 기자생활에서도 시의 끈을 놓아본 적은 없지만, 결코 만족할 만한 시를 갖지 못했음을 고백치 않을 수 없다.

세상이 많이 변했다. 사람의 품성도 많이 변했다. 시도 그러할 것이다. 그러나 많이 변했다는 세상과 사람과 시가 다 그대로 있듯, 시의 감동 또한 힘센 것이어서 그 영역을 헤어날 수가 없었다.

신문을 만드는 현장에서, 투르판의 혹한과 에티오피아의 황막한 고원에서, 심지어 암과 싸우던 병실에서조차도 나를 따뜻하게 감싸안았던 시에게 감사한다.

2013년 8월 조철호

시집 『다시 바람의 집』에 부쳐

신　경　림

조철호 시인을 처음 만난 것은 시를 통해서다.

제목은 잊었지만 강렬한 인상을 받았던 것이 기억에 남아 있다. 곧 이어 직접 만나게 되었는데 당시 그는 한 통신사의 기자였다.

내 머릿속에 그는 지금도 문학과 세상에 열정적이고 야심에 넘치는 고향 후배의 이미지로 새겨져 있다.

어둡고 답답하던 시절, 청주를 찾아가 친구들과 어울리는 것이 사는 즐거움 중의 하나이던 시절, 조 시인도 가장 자주 만난 후배 중의 하나이다.

그러나 그에게서 좋은 시인이 될 자질을 보면서도 내가 그에게 더 열심히 시를 쓰라는 따위 뻔한 충고를 한 기억은 없다.

그에게서 사회적으로 유능한 인물이 될 싹을 보았고, 당시 나는 재능이 있다고 해서 다 시인이 될 필요는 없다는 생각을 더 많이 갖고 있었지 않았나 싶다.

1970년대 얘기니까, 우리가 알고 지낸 지 어언 40년이 되었다.

그 뒤 그의 시를 자주 볼 기회는 없었지만, 시인이란 당연히 무능하다는 일반 통념을 깨고, 시보다 기자라는 직업에 더 집중하면서 그 방면에서 많은 성과를 얻고 있는 것을 보는 것도 적잖이 즐거웠다.

그러나 우리의 만남이 계속될 수 있었던 것은 시에 대한 그의 애정이 식지 않았기 때문일 것이다.

그가 직접 신문의 경영자가 되면서 그 신문이 시와 관련되는 일을 특별히 많이 한 것은 그가 시에 대해서 깊은 애정을 가지고 있었기 때문임은 말할 것도 없다. 특히 정지용, 조명희, 조벽암 등 고향 선배 시인들을 기리고 아직 밝혀지지 않은 가치를 찾아내는 데 그가 기울인 노력은 그가 평범한 기자였으면 결코 할 수 없는 일이었을 것이다.

행사 때마다 그는 고향의 선배 시인이라는 명분으로 나를 불러냈고, 만날 적마다 세상 얘기보다 시 얘기를 더 많이 하고 싶어 할 뿐더러, 시에 매달려 사는 나보다 더 많이 후배 시인들의 시를 찾아 읽는 그를 보면서, 그가 언젠가는 시로 돌아오리라는 생각을 했었다. 시란 마약이어서 한번 중독되었던 사람은 결코 그것 없이 세상을 행복하게 살기가 어렵다는 속설을 그를 통해서 한 번 더 확인하기도 했다.

그러나 나는 오래간만에 조 시인의 시와 만나며 반갑기에 앞서 숙연해진다.

시란 무엇인가,
삶이란 무엇인가, 이러한 원초적인 질문 앞에 다시 서
지 않을 수 없기 때문이다.

눈을 맞으며 찾아간 산사
개심사
마음을 열려다 보니 문조차 없음이라

옷깃을 여미고 돌아보아도
바람 지난 자리뿐

김장 때 버려진
바람 든 무

— 「병든 몸을 바라보며 · 3」 전문

황혼에 집 나서네 먼 길 떠나네
보잘 것 없네 지난날의 모든 것 모았어도
작은 보자기 하나도 채우지 못하네

이제사 알 듯하네
지나온 길 결코 짧지 않았네
무성한 숲 그늘 축복의 계절마다
황홀함에 취하여 세월은 가고

나를 위해 밤잠 설치던 몇 사람
그 거룩함으로 예까지 이르렀음을

미처 깨닫지 못했네
쓸쓸함이 얼마나 빛나는 유업이었는지를
먼 길 떠나며 비로소 나를 보네
어둠은 큰 거울이었네

─「바람 가라사대」 전문

　무작위적으로 두 편을 뽑아 예시했지만, 이 시집의 시들 앞에서 절제된 언어의 미학이 어떻고, 상징이 어떻고 하는 시에 대한 자잘한 얘기들은 별 의미가 없을 것 같다.

　시란 궁극적으로는 자기 자신이 왜 이 세상에 왔으며 무슨 일을 하다 갈 것이며 그것이 과연 무슨 의미가 있는가에 대한 탐구요 질문이니까.

　20여 년 만에 선보이는 조철호 시인의 시들을 읽으며 나는 많은 생각을 하게 된다.

3

4

□ 작품 해설 / 권희돈(문학평론가)

1

채송화

조선여자로 태어나
칠남매 낳고 키운 죄

마침내 병을 얻었어도
아무도 알아주지 않았다

오늘도
뒤안에서

혼자 울다
자식에게 들켜버린

속절없는
그 눈빛

낮게 피어 있던 꽃
엄마

누구일까

담 밖에
누가 심었을까
지나가는 이를 위해

언 땅에 삽날을 박아
돌을 헤집고 풀뿌리를 거둬
흙의 속살을 매만지며
잘 살아 달라 뇌이며
뿌린 씨 지그시 밟아 준 이
누구일까

비바람 불 적마다
문을 열어 내다보고서야
비로소 잠을 청했을

첫 꽃송이 벌자 자식놈 재롱 보듯
일삼아 지켜 서서
고마우이 고마우이

인사를 챙겼을
담 밖의 저 꽃을

누가 심었을까
지나가는 이를 위해
누가 저런 마음밭을 가꿨을까

환영대회

한로 상강 지나 입동 되자 비상이 걸렸다.

더 엎드려라
고개를 들지 말아라
온몸을 땅에 붙여라

살아야 한다
태어났으면 살아야 한다
목숨이 얼마나 질긴 것인지, 얼마나 위대한 것인지를
본때 보여라
살려면 엎드려라
파아란 색깔의 하늘이 평화롭다고 긴장을 풀지 말아라
햇살과 바람이 아무리 유혹의 손길을 뻗쳐도 받아들이
지 마라

소설과 대설은 눈이 쌓일 때
알래스카 이누이트들의 이글루 알지? 그 속에선 춥지
만 얼어 죽지는 않아

사지를 땅에서 떼지만 않으면 지열을 최대한 얻을 수
있을 것
섭생을 멈추고 육신을 있는 그대로만 보존하라
명심할 일은, 뜯어 먹힐 수 있으니 고개를 절대 들지
마라
낮추어 사는 자만이 얻는 목숨의 순명을 새기라

긴긴 밤 동지를 지나 후살이보다 더 매운 소한과 대한
그래, 탈진과 추위로 마지막 생사를 가르고 살아남은
자랑스러운 얼굴들이 입춘이 지나자 하나 둘 모습을
드러낸다

냉이 질경이 달맞이꽃 민들레 뽀리뱅이 망초……
방석식물 특전대 용사들의 귀환 환영대회가 전국적으
로 펼쳐지고
대장의 대회사가 확성기를 통해 울려 퍼졌다

"땅과 가장 가까이 자신을 낮춘 자, 그리하여 목숨을

보전한 자, 진실로 겸손한 자만이 얻는 소생의 기쁨을
이 봄에 함께하게 돼 감사합……"

절밥

절밥
절의 밥
절하고 먹는 밥
절해야 먹는 밥
절하러 먹는 밥
절에만 있는 밥
절한 만큼만 먹는 밥
절에 오지 않으면 못 먹는 밥
절에 와도 때가 지나면 못 먹는 밥
절 법대로 먹어야 하는 밥
절반만 먹으면 아니 되는 밥
절 사람들은 공양이라 이르는 밥

절밥절밥절밥 쓰다 보면 밥절밥절밥절로도 쓰여지는
밥
절실한 밥

방榜

날마다 옳은 말만 하는 아내는 공자 책을 많이 읽은
교장만 같다
그런 아내와 사는 남편은 교장 출신인데도 어린 학생
만 같다
잠자리에서부터 식탁을 거쳐 텔레비전 앞에서 졸다
잘 때까지
대답 없는 남편이 알아듣기 쉽게 간단명료하고 이해
하기 쉽게
아내는 설명하고 지시하고 일깨우면서 학생의 성적이
오르지 않아 속상해한다
젊어서는 집을 뛰쳐나가기도 하고 술 취해 들어와 호
기도 보였지만
없는 친구 슬쩍슬쩍 도와도 주고 노새처럼 일만 하던
엄마 산소도 혼자 찾더니만 눈만 뜨면 마누라 눈치만 보
는 늙은 남자
내 못살아 내 못살아 노래처럼 입에 달면서도 사는 날
이 더 많은 듯
철마다 질긴 옷 골라 사는 여자는

오늘도 그리고 내일도 옳은 말씀만으로도 부족하여
외출할 땐 빨강 사인펜으로 크게 방榜 붙여 놓았다
—오는 전화만 받고 가족 이외엔 절대 문 열어주지 말 것
—문 열리면 해피 나가니 집 비우지 말 것

비

비는 하늘에서 내리는데
가슴이 젖는다

우산을 쓰고
우비를 입고

옷깃을 여며도
가슴이 젖는다

봄비에도
가슴이 젖고

소나기에도
가슴이 젖고

가을비에도
젖는 가슴

아 젖는 가슴이 저려
봄 여름 가을 피해
겨울 복판에 섰는데
어이 이 겨울에도 비 내리어
칼바람보다 아프게
가슴을 치는가

잠자리

자릴 폈다

이제껏 잠 한숨 편히 자 본 적 없으니 이제부터라도 일삼아 잠을 자자고

자릴 폈다.

어떤 잠부터 자 볼까나 세상에 잠이라 불리는 모든 잠을 불러 모아

입맛대로 자 볼까나

생각 많아 토막잠 등 구부려 새우잠

두 팔 벌리면 나비잠 사람 많으니 모로 누워 칼잠이나 갈치잠

남의 집 바느질 갔다 자는 안잠 이왕지사 드는 잠 꿀잠을 자자고

자릴 폈다

초저녁잠

      밤   잠

          낮잠

새벽잠 막잠 온잠 깊은잠 꿀잠 한잠 토막잠 이승잠
개잠 선잠 새우잠 나비잠 등걸잠 말뚝잠 노루잠 수잠 풋잠 한잠
　헛잠 한뎃잠 귀잠 여윈잠 토끼잠 발치잠 꽃잠
벼룩잠 괭이잠 갈치잠 겉잠 소 나 기 잠 칼잠
　　꾸벅잠
두벌잠 그루잠 사로잠 통잠 속잠 돌껴잠 갈개잠
　멍석잠 쪽잠 도둑잠 늦잠 촛대잠 시위잠 꾀잠
아침잠 일잠 첫잠 고주박잠 군잠 쇠잠 누에잠
　봄잠 덕석잠 발편잠 곤잠 뜬잠 단잠 참잠
얕은잠 어뜩잠 쪽잠 안잠 덧잠

세상에 이토록 많은 잠이 그동안 어디서 다 잠자고 있었나
어느 누가 다 자던 잠일까
평생을 골라 자도 못다 잘 이 잠들을 위해
날 잡아 자릴 폈다
―잠의 축제다 만세다

입춘 무렵

양란 꽃처럼 납작 엎드려
귀를 댄다
겨우내 입 닫고 추위에 떨기만 했을
뿌리 있는 것들의 인고
그들의 가는 숨소리 어떨까 싶어

깜짝 놀랐다
댔던 귀를 뗀다

분명 그들의 소리
소곤소곤이 모여 시끌시끌이 되고
허허 호호 히히 훌쩍 찔끔 고함이며 함성 섞어
세찬 강물이 흐르다가 바위를 치다가
태평양 한복판서 일어난 태풍이 휘몰아 섬나라를 덮
치는
모든 소리 나는 것들이 뒤섞여 땅을 치솟기 직전의 저
무서운 음모

큰일났다
저들이 모두 나와 폭발하듯 잎 틔고 꽃 피면
누가 감당하리

날 풀리면
난리가 나겠다
저 시끄러운 수다들이 쏟아져 나와 꽃이 피면
나라가 좁아터질 것인데

새벽 풍경

새벽 다섯 시쯤
숙명처럼 어머니는 부엌으로 가셨다

눈빛이 곱지 않던 할머니 곁에서
무정한 남편과
철없는 자식들 뒷바라지는
차라리 곤궁한 시대의 위안이었다

아무도 모르게 낙엽이 지는
새벽에 일어나 보니
빈 길 가로등 불빛
양말을 깁다 앉은 채 조는 어머니 같다

나도 벌써 칠순이구나

발바닥을 만지며

노동을 위해 일어나야 하는
이른 새벽
우연히 발바닥을 만진다
거칠고 굳은 살

평생 돌자갈밭을 조심조심 딛고
시린 강물을 건너온
육신의 끝자락
고맙단 말 한 마디 들어보지 못한
무정의 긴 세월

새가 되고자 했으나
천지간 훨훨 나는 청학 되고자 했으나
끝내 날개 돋지 않은 채
황야를 떠돌다 나이는 들고
굳은살만 박여 더 볼썽사나운
발바닥을 만진다

앉은부처

법주사 주지스님의 의문은 날이 갈수록 커졌다

도대체 다 어디로 갔단 말인가

하안거 때도 동안거 때도 슬며시 빠져나가 빈 좌구坐
具만 남겨놓은 스님들이

해를 지나면 어느 말사 어디서 무엇을 하고 있다는 소
문이 돌게 마련이거늘

때로는 승복을 벗고 나가 세속에 몸 붙이고 있다는 풍
문까지 귀에 담기거늘

어찌하여 요 몇 해 동안 사라진 스님들의 행방이 이렇
듯 묘원한 것인지

수소문 결과는 겨우 젊은 스님 몇이서 말티재를 황급
히 넘더라는 길손의 귀띔 말고는 알아낼 요량이 없으니
답답하기만, 그렇다고 대놓고 물어볼 수도 방을 붙일 수
도 없었다

그런데 우연히도 한 늙은 보살 허릴 펴며 하는 말이

오다 보니 얕은 산허리께서 이상한 기운이 도는 곳이
있는데 언뜻 보니

산토끼며 고라니도 슬슬 피해 돌아가더라며 예사롭지

않으니 한번 알아보시란다
  충청북도 청원군 낭성면 이목리
  냇물이 귀를 열고 산색이 눈을 끄는 마을 이름부터 진
기하다
  조심조심 다가가 보니 이 어찌된 일인고
  안거 때 뛰쳐나간 스님들이 입춘은 멀어 얼음 아직 단
단한데도 뚫고 나와
  광배光背를 둘러치고 금박이 머리채에선 눈부신 광채
가 서리고
  언제 어느새 성불하시어 저마다 부처가 되어 앉아계
시온지
  오, 알고도 모를 일 부처님 깊은 속마음
  이목리 앉은부처님 동네 쉬쉬 감춰진 전설

* 낭성면 이목리엔 천남성과 식물인 '앉은부처' ('앉은부채' 라
  고도 함) 자생지가 있음.

풍경

산山사람도
마음 비워야
비로소 산이 보이듯

새는
생각을 털어야
날 수 있다

온종일 보고 느낀 모든 것
그 중량만으로도
날 수 없으므로
새는 버림이 생존임을 깨닫노니

그래서
산은 사람보다 높고
새는 산보다 높은 곳에 산다

어린 시절

어린 시절엔
세상보다 하늘이 높고 컸다
키가 작아서
옆을 못 보고 위만 보이던

크고 높은 것은 위대하므로
예수와 천사들은 하늘에서 살았것다

회갑 진갑이 훌쩍 넘어서야
별무리 황홀한 하늘과
집마다 켜 놓은 세상의 등불이
어두울수록 밝아지는 이치를 알것다

새벽 일기

늙은 아내는 정물이다
옛날 기억 속 노랑나비 꿈으로 나풀대지만
화려한 테를 두른 액자 속 고요한 풍경

오랜 세월 고여 있는 어느 한 컷의 무심천
그러나 강물은 굽이쳐 흐르며 오늘을 뚫고 나간다
나는 늘 두 풍경 가운데 서 있다

길은 아득히 멀지만
내 가야 할 곳 가까이 이르렀음에 발걸음을 늦추며
새삼스레 사방을 본다
온갖 시달림의 지나온 길에도 지등紙燈을 밝히듯
무심한 자식들의 안부를 묻는다

꿈

평생
떠다닌 이의 재산을 아는가
빛나고 아름다운 것
나누고 나눠도 줄어들지 않아
늘 가득하고 가벼워
흘러 다니는데 짐 되지 않는

간이역

떠남도 아름다움이던 시절
기차도 눈 귀가 있어 목이 메었었다

눈인사조차 제대로 못 했지만
밤안개처럼 안기는
그 선연한 모습을

계절마다 자라던 그리움의 마디마다에
수은등처럼 켜지던
그 소녀
단발머리 손녀 배웅하는 저 할매 아닌가

팔음산* 뻐꾸기
한낮 흔드는 연유를 알 듯하다

* 팔음산八音山은 충북 옥천군 청산면에 있음.

깨달음

그대
빈 방에
전화를 건다

그대
빈 집에
편지를 띄운다

그대
빈 주머니에
손을 넣어
젊은 시절을 더듬다

문득
눈을 드니
그대 하이얀 귀밑머리
눈부셔라

말씀

40년 넘게 소학교 훈장을 하셨던 아버지
30년 넘게 교장을 하셨던 호랑이
뜨거운 날이나 추운 날이나 바람이 불거나 눈발이 날
리거나
교단에 올라서시면 꼬마들이나 교사들이나
부동자세로 긴 시간 벌을 서게 했던 교장선생님 훈화
5학년 청소구역 대빗자루 정돈상태부터
대한민국 수출실적부터 국제사회의 흐름까지
툭 하면 삐이—익 소름 끼치는 잡음이 머리털을 세우
게 했던 확성기 소리에
지나가던 사람들까지 멈춰 서서 들었던 그 길고 길었
던 훈화 말씀
큰 두레상을 꽉 채우고도 모자라 어머닌 늘 국그릇을
상 아래 놓고 드시고
대가족을 거느리시느라 밥상머리에서도 빠뜨리지 않
으셨던 교장선생님 훈화
환갑이 훨씬 지났어도 철들지 않는 자식에게
잊지 않고 들려주시던 교장선생님 훈화

백수를 눈앞에 두시고 훌쩍 떠나신 뒤

어느 고요한 날 문득

어떤 말씀이 남아 있나 했더니

6학년 때, 학교 갔다 왔는데도 꼬릴 치고 달려들어야
할 케리가 보이지 않아

동네방네 다니면서 우리 집 케리 보았냐면서 울먹이
며 찾아다녔는데

저녁 상머리에서도 케리 생각에 밥맛이 없어 미적대
고 있는데

보신탕엔 역시 정구지가 많이 들어가야 제맛이라며

가축은 가족을 위해 있는 것이니 너무 섭섭해하지 마
라시던 말씀

그 말씀만 또렷할 뿐

그 긴긴 교장선생님 훈화는 다 어디서 무엇이 되어 있
는지

2

아프리카 · 1

이마를 짚어도
배를 문질러도

찜질에
뜸뜨고 침을 놓아도

절개하고 메스를 대도
복강경이나 로봇 수술을 하고
끝내는 방사선을 동원해도
그 상처 아물 수 없으리

아프리카 · 2

검은 피 뚝뚝 떨어진 곳에 풀 나무 자라 숲을 이루고
사람과 짐승이 낮이면 쫓기고 쫓는 적이 되다가
밤이면 어울려 함께 꿈을 꾸지만
소리 없는 흐느낌 천 년을 타고 왔어도 멈추지 못하리

족쇄 끄는 소리에 날아갔던 새들과
고향을 기억하지 않으려는 구름과
지나온 길 돌아다보기 두려운 바람 모여
밤낮 없이 보고 들은 것 전하려 하지만
눈물 마른 울음 대륙을 덮어도 속 풀릴 이 아무도 없
으리

아프리카 · 3

벌판엔 숨을 곳이 없어 숲으로 들고
숲은 굶주림을 달래지 못해
제 발로 백인 앞에 기어나가
족쇄를 차고 벌판을 가로질러
항구에 이르러
이름도 나이도 가족도 생각도 할 말도… 없이
몸뚱이 하나만으로 값이 정해지면 배에 실리어
떠나던
떠나던 검은 그림자

채찍으로 그림자를 깨어나게 하는 나라에서
죽어야만 비로소 자유로워진
그 넋들 어둠 타고 돌아와
땅도 사람도 커피도 기억도 검을 수밖에 없는
아,
아픈 나라
아프니까 아프리카

아메리카와 글자 하나 차이인데도
‘주인님’과 ‘노예’의 영원한 이중주
—잠보
—잠보

누

아슬아슬하게 비탈길을 돌아
깊고 시린 계곡을 건너
먼지 낀 숲을 지나
넓고도 아득한 자갈밭
세렝게티
이 초원에 이르는데 한 생애가 가고
갈기를 날리게 하는 이 바람을 맞기까지
별들은 밤마다 처연하게 떨면서
아픔을 내보인 적 없는 순명의 운명을 지켜보고 있나니
원망하지 마라
살아 있는 오늘만으로도 축복이리니

* 누: gnu, wildebeest, 아프리카 초원에 살고 있는 소과의 영양류.
  초원의 가장 약자이다.

삼겹살을 구우며

삼겹살을 굽는다
그렇게 내 육신 시달렸어도
잊을 수 없는 추억처럼
듬성듬성 왕소금을 친다
허전한 세월에 간을 한들 뭐 달라질 게 있을까만
때론 어디선가 까악까악 까치라도 울면
얼굴이 밝아지시던 어머니도 생각날 일
그리고 때때로는
영문도 모르게 떠나간 사람 잊지 못하여
식초 흠씬 넣어 파채를 만들고
빈자리에 술잔을 놓아 마음을 달래는
이 나라 애비들의 쓸쓸한 실루엣

아무르 강에서

—— 포석抱石이 섰던 자리에 서서

아무르 강이 비를 맞고 있다
구만리 장천 떠돌던 혼백들과
눈물 마른 새들만 무리지어 석양을 비껴가고
절룩이며 절룩이며 온종일 족쇄를 끌어도
길은 끝나지 않았다

하바로프스크
아무렇지도 않게 인간을 버리던 곳
언제나 축축한 이 도시 한 켠에
조선 사내들의 한숨처럼
아무르 강이 비를 맞고 있다
혁명가의 아내처럼
맨살로 비를 맞고 있다

누구를 기다리는가
유언도 없이 운명한 쓸쓸한 주검도
5월이면 풀꽃 하나 피우려는데
시베리아 설한풍만 강가를 서성일 뿐

아무도 찾아오지 않을 것을 강물은 알아
아무르 강
오늘도 일삼아 비를 맞고 있다
발목 잡힌 길손의 가슴을 적시고 있다

* 아무르 강변은 하바로프스크로 망명했던 포석 조명희(1894~
  1938)가 살며 거닐던 곳.

개심사 · 1

'가슴에 출렁이는 것들 쏟아부으려고' 절에 간다는
김 시인이 사는 괴산槐山 개심사開心寺엔
석재스님 독경소리가 왼종일 눈을 치우고 있다
절밥엔 공짜가 없다 하여
객방 나그네는 달마선어록達磨禪語錄을 뒤적이고
콩새 몇 마리
바람에 떨어져 내린 극락보전極樂寶殿 풍경소리를 일
삼아 찾고 있다

개심사 · 2

충북 괴산군 괴산읍 동부리 산언덕 개심사
부처님이 중생을 내려다보고 있듯 읍내를 내려다보고
있다
마흔 넘은 아들 장가가게 됐다는 싸전 집 박씨 걸음새
가 으스대고
몇 해 전 칠순 넘긴 조합장이 게이트볼장을 가는데
동진천 눈 녹은 물이 따라나선다
춥고 더운 것은 방이 먼저 안다는 비구니 노스님이
매일 저녁 공양을 하는 네 시 반에서 아침 죽을 먹는
여섯 시 반까지
14시간 동안 어떻게 지내시는지가 자못 궁금하다며
적막한 절간을 별장처럼 쓰고 있는 산비둘기들이 모
여 수다를 떤다

어청도 於靑島

어청도를 아시는가
서해안에서 제일 큰 섬 그래서 사람과 햇살과 바람도 가장 많은 곳
군산항에서 가장 먼 뱃길 그래서 뱃삯이 제일 비싼 끝 섬
한반도에 오고 가는 철새들이 지친 몸을 추스르고
올 들어 귀한 몸 검은꼬리사막딱새가 나타나 법석을 떨던 섬
물메기 떼로 잡아 빨래 널듯 하는
배 들어오지 않는 날 엽서를 띄우면 후투티 부리에 물려 뭍으로 보내는
민박집 여주인이 철새도래지 설명에 신명이 붙더니 이제는
독일이고 미국이고 호주에서 온 조류학자들에게도 그려 그려로 반말까지 하면서
침이 튀는 섬
어청도를 아시는가
뭍에서 온 여행객 행투리 봐가며 숙박비가 오르내리고

오 년간 곰삭은 갈치 젓갈도 손님상에 오르는 섬
툭하면 뱃길 끊겨 더 가고 싶어 안달이 나는
오라 하지는 않았으나 혹여 배에서 내릴까 부둣가를
서성이는 사람들이 사는
어청도를 아시는가

브래지어

비구니 스님에게 꼭 물어볼 것이 있는데
초등학교 때 양관 빨랫줄에 걸렸던 야릇한 세탁물 때
문에
동네 할아버지들의 언성이 높았던 기억이 있는 한
비구니 스님들에게 꼭 물어볼 것이 있는데
서양 사람들이 잠잘 때 쓰는 안대眼帶라는 주장과
그들이 운동할 때 무릎에 차는 보호대라는 주장이 엇
갈렸지만
박식하기로 소문난 이발소 박씨마저 고개를 갸웃거리
고만 있을 때
반공포로였던 평안도 최씨가
앗따 옆집인데 들어가설라무내 직접 물어보라우요로
결론냈었다
핏대를 올리던 할아버지들이 시나브로 하나둘 자릴
뜨던 이유가
누구도 양관에 들어가 빨랫줄에 걸린 저것이 무엇이
요라 영어로 물어볼 수가
없었기 때문인 것은 뒤늦게야 안 일

　　교복을 입은 주제에도 비구니 스님들만 사는 법주사
수정암을 지나노라면
　　공연히 까치발을 하고 빨랫줄을 살피곤 했지만
　　궁금증을 풀어줄 양관에 걸렸던 그것은 영 볼 수가 없
었다

　　비구니 스님들만 사는 개심사 객방에 들러 희수 가까
운 나이에 쑥스럽지만
　　꼭 물어볼 것이 있는데……

토

함께 산 지 40년이 돼 가는데도 아내는 내가 왜 집에 들어오면 말을 하지 않는지를 모른다 밖에서는 말도 잘하고 재미있는 말을 잘해 좋아들 한다는데 자기에겐 영별 볼일 없는 사람이라고 온종일 부어 있고 일 년 내내 부어 있고 평생을 부어 있다 여름이면 반바지를 입지 않으려는 나를 답답한 것도 모르는 사람이라고 한심해하지만 물에 들어가려면 긴 바지 훌훌 걷어붙이고 들어가는 속내를 아내는 모른다 술상 주문만 하면 영락없이 몸에 해로운 술을 왜 찾느냐며 투덜대 아예 골목 입구 해피데이 호프집 단골손님으로 등록이 되자 주인 마담 얼굴만 곱살하지 지적인 게 없더라며 발길을 돌리게 하려하지만 어림없는 일임을 자신이 제일 잘 알 일 내 이제 고백하거니와 40여 년 전 군대생활 할 때 사수가 연애편지 대필해 달라는데 토 달다 까진 촛대뼈 상처가 지금도 검버섯처럼 남아 영원히 쫄병임을 새겨주고 있는데 왜 자꾸 반바지를 입으라는 것인지 어쩌다 울적하여 안주를 시키면 건강이 어쩌구저쩌구 토를 다는 게 싫어서 아예 주문할 적마다 상냥해지는 해피데이가 좋은 것을 어쩌라는 것인지 아무리 용돈 잘 주는 자식놈도 말끝마다 토 달면 섭섭해 손자놈까지 보기 싫어지는 것을 왜들 모르고 자꾸 토를 다는지 저마다 똑똑하다는 젊은이들 툭 하면 감원당해 코가 빠지는 이유가 윗사람 말에 토 달다 다 그렁겨

　뭐? 토라는 게 뭐냐고? 옛날 유생들이 유식한 한문책 읽을 때 심심하고 따분하여 구절 사이에 하고 하니 하며 우리말 붙이는 것을 토 단다 하는데 토 자는 토요일 토 자 빼놓고는 다 조심해야 하능겨 토할 토吐가 그렇고 칠 토討자가 그렁겨 토 달지 말고 토하지 말고 따지지 말 고…… 그 무서운 토네이도도 토 자 돌림잉거 아능겨?

미소

동짓달이니 천지가 하얗게 눈 덮인 거 당연한 거지유
그런데 어떤 날 새벽부터 겨울비가 내렸꺼덩유 부슬
부슬
비는 오지만 날씨는 차니 오는 대로 얼어붙대유 코팅
하듯
먼발치서 보니 사람이나 차들이 눈 온 날보다 더 설설
기더라구유
오토바이로 절 언덕 돌아들던 신문배달이 후딱 나뒹
굴더니 씨이팔 하고
절룩이며 걸어 들어오는데 오른손엔 비닐에 싼 신문
한 장 들려 있더라구유
직업 정신인지 뭔지
얼마 후 그 자리에 경차 한 대 멈추더니 모녀인 듯 올
라오는데
빈 손 한쪽씩 휘저으며 따로따로 오르느라 꽤나 시간
걸리더라구유
얼마 전 세상 떠난 남편과 아버지 천도재 올리러 온
보살님들이었는데유

슬픈 사람들끼리 손잡고 오면 힘도 덜 들고 보기도 좋
았을 거 아녀유?
그렇게 오전이 가고 오후가 됐는데도 비는 계속 내리
고 얼어붙고
언덕을 올라오는 이들마다 나자빠지고 저도 모르게
욕이 튀어나오고……
그런데도 극락전 아미타불께서는 살폿 자비롭게 웃고
만 계시더라구유
불쌍한 중생들을 굽어살피시는 건지 모르시는 건지
알고도 모르는 척하시는 건지 참말루
알고 싶어유

병든 몸을 바라보며 · 1

나도 남들처럼 대학을 다녔다
수업을 강의라 하고
점수를 학점이라 하고
교사를 교수라 하고
졸업장을 학위증이라 하고

제때 취직도 하고 월급도 탔다
월급봉투를 회사 근처 왕대폿집에 바쳤지만
번번이 주모는 절반도 못 갚아? 쥐어박는 소리로 안주
를 냈다

친구들이 월남에서 시시하게 죽어가도
정보부가 소문으로 정보를 만드느라 밤을 새워도
평화로웠다
내 일만 하면 됐으므로
돌아보면 모든 것 다 아는 일이었으므로

그런데 어떤 날 병실에서 알았다

나는 놈 위에 보이지 않는 놈 있는 것
학교 때 배운 것으로는 술값도 안 되는 것
더운물 한 바가지가 감투보다 더 절실한 것
낮잠 한숨이 보약보다 좋은 것을

아 세상 사는 일이 그런 게 아니라고, 아니라고
어찌 학점도 학위증도 없는 곳에서
비로소 깨닫게 됐는지
병 깊어 몸 맡기러 가는 새벽녘
헤아려 보니 그새 70이 코앞이라
견뎌 온 세월보다 굳세던 몸뚱이도 이젠 금이 가고
슬쩍슬쩍 땜질하고 바꿔 끼고

너무 상심치 마라
무쇠도 70년 써 봐라 온전할 게 있겠나
고개 몇 번 흔들어 생각 털고 나설 일
바람 불고 가랑잎 날리고
만장이 비 맞으며 산모롱이 돌아가듯

고요히 마음 다스려 이승 돌아가면 되는 것

그래, 겨울 되기 전 어머니 산소나 돌아보아야

병든 몸을 바라보며 · 2

내 몸에 병드는 것
당연해, 당연하고말고
왼 산에 꽃 피고 지는 것
뻐꾸기 대물려 남한강을 지키다
떠난 지 오랜데도
모르고
제 일만 했으니
하늘인들 무심했을 리

병든 몸을 바라보며 · 3

눈을 맞으며 찾아간 산사
개심사
마음을 열려다 보니 문조차 없음이라

옷깃을 여미고 돌아다보아도
바람 지난 자리뿐

김장 때 버려진
바람 든 무

입산 일기

노인이 산겨릅나무 앞에 지팡이처럼 서 있다
너를 산청목이라 하지?
청피나무라고도 부른다지?
청록색에 흰 세로줄 무늬가 젊은 시절 선보러 갈 때
입었던 양복색깔만 같아서
냇가 자갈밭에 들어왔던 유랑극단 단장이 나무의자에
앉아서 입장권을 받을 때 매었던
그 폼나는 나비넥타이 색깔도 같고
어머니 묻고 돌아온 날 저녁노을이 깃들기 직전 무심
히 올려다본 하늘 색깔도 같고

옆에 있는 산목련 좀 봐
마을마다 집집마다 환하게 등 밝히고 있는 목련들에
게 밀려 입산수도하다 보니
꽃보단 잎 먼저 틔우고 밑만 보고 피는 수줍음 여전하
구나
그래, 이 봄엔 너희들 나 못 볼 줄 알았지?
겨우내 살아남느라 모진 맘 먹던 너희나 나나 서로 그

리웠듯이
　이렇게 마주 서서 바라보는 것만으로도
　이젠 됐어

　아 참 오래 됐구나 해가 기우는 것 좀 봐
　내려가야 해 내려가야 해
　어쩌다 들르는 자식놈들이 혹 찾아들면 동네사람들
손가락 쪽을 보며
　또 산 쪽으로?…라며
　치매도 참 여러 가지야…라 투덜대면서 산 쪽을 바라
보며 눈을 흘기면서
　봄만 되면 자꾸 산에 오르는 까닭을 모르겠다면서 찾
아나서기 전에
　내려가야 해
　내려가야만 해

함께, 나란히

한집에 산다
식사도 함께한다
때론 군수가 찾아와 함께 절도 받는다
일어나서 잘 때까지
잘난 사람들만 뻔질나게 나오는
텔레비전도 온종일 함께 본다
잠잘 때도 나란히 눕는다
그러나 서로 말이 없다
한 사람은 등 돌린 자식 생각뿐이고
한 사람은 멀리 떠난 마누라 생각뿐이고
한 사람은 잃은 재산 생각뿐이고
한 사람은 베풀지 못한 두 손이 부끄러워서다

함께, 나란히
그들은 누구인지 모를 그가 방문을 열거나
덥석 손을 잡거나
공손히 다가와 '모시겠습니다' 라 하거나
'마지막 유언은 없으십니까' 라거나

분명 조용하거나 정중하게
그의 모습이 언제 어떻게 나타날지 몰라
함께 나란히 불안하지만
평생 옷으로 몸을 가리듯
생각을 감추고 아무렇지도 않은 듯
함께 나란히 앉아 있다 말없이
어쩌면 정물 같지만
저마다의 생각엔 파도가 인다

어제처럼 오늘도
함께 나란히 앉아 있다
내일도 그럴 테지만
누군가는 하나씩 빠져나갈 것이다
누군가의 은밀한 방문을 받으면
거역의 손짓 한번 하지 못하고
그리고 남은 이들은
또 함께 나란히 앉아 있을 것이다

양로원의 한낮은 길다

속설俗說
── 어떤 장지葬地에서

죄송해요
그대 저버리고 한양천리
꽃분이 지분내 가득한 주막도 피해
헐떡이며 헐떡이며 달려가
부딪는 모든 자, 모든 것에 꾸벅대며
비굴한 웃음만 챙기다 주름은 늘고
참 죄송해요
할 것이라곤 출세밖에 없었어요
설설 기다 보면 한 자리씩
죽순 크듯 벼슬은 올라가데요
꿈인 듯해 눈 비비고 다시 보아도
장안 가득한 게 목뼈 등뼈 구부러진
새뱅이 비슷한 무리들뿐이데요
에라 육시럴놈덜아
내사 배알까지 없겠느냐
주는 대로 먹고 하라는 대로 하지만
처자식 거느리는 죄 무거워
어쩔 수가 없더라 어쩔 수가 없더라

땅만 보고 기다 보니 죽어도 땅 속
살아 생전 버젓하게 하늘 한 번 보았는가
죽어 넋이라도 기활 좋게 휘도는 거 봤는가
신도시 땅문서 팔도에 펄럭이고
두 손바닥 금 닳아빠져도
어와 기뻐라
어절씨구 기뻐라
꿩 잡는 게 매 아니더냐
개천이 있어야 용이 나지 않더냐

엄숙한 이임식장을 빠져나오니
이게 웬일이냐 이게 웬일이냐
절도 있던 수위장도 모자 벗고 헤헤헤
오는 신사 가는 숙녀 이리저리 부딪고
어쩌다 길 나서면 막순사가 호랑이라
집에 와도 썰렁 길에 서도 썰렁 썰렁
그 잘 울던 전화통은 왼종일 먹통이요
출세한 놈 닮은 자식 출세하러 유학 가고

허리 굵은 마누라만 한숨 폭폭 내쉬고는
세상인심 고약하구나 고약해
베란다 분재가 몇 차례 잎 틔우다 지고
사는 맛이 도무지 없어 낮잠을 잔다
저게 누구고 으응 과수원 맹칠이
저건 꼽추동생 끼고돌던 추섭이
저건 오줌싸개 원팔이
저기에는
또 저기는
왜 그리 모여 있능가 무슨 일 있능가
아닐세 자네 행여 내려오면 어쩔꺼나
걱정만 태산 같아 상의하던 털세
무슨 걱정인가
지체 높은 사람 살기엔 아직 어둡고
죽어 내려오면 상여 멜 사람 없어
아무래도 자네는 대처서만 살게나
에이끼 이 사람들아 불알친구란 게 뭔가
한 다리 끼워 개울물에 목욕하고

주막거리나 휘젓고
그러다 어떤 날 눈을 감으면
배꽃잎 흩날리는 어느 언덕에
비로소 하늘 보고 누워 보겠네
마디 굽은 등뼈 목뼈 다잡아 펴고
비로소 하늘 보고 누워 보겠네

3

바람 가라사대

황혼에 집 나서네 먼 길 떠나네
보잘것없네 지난날의 모든 것 모았어도
작은 보자기 하나도 채우지 못하네

이제사 알 듯하네
지나온 길 결코 짧지 않았네
무성한 숲 그늘 축복의 계절마다
황홀함에 취하여 세월은 가고

나를 위해 밤잠 설치던 몇 사람
그 거룩함으로 예까지 이르렀음을

미처 깨닫지 못했네
쓸쓸함이 얼마나 빛나는 유업이었는지를
먼 길 떠나며 비로소 나를 보네
어둠은 큰 거울이었네

바람의 집

길 멀어
닿지 못해도
오늘은
떠나야 하리

그곳에
내 집
있
으
므
로

바람 이야기 · 1
—— 쓸쓸함으로

쓸쓸할수록 사랑은 빛난다
무너질수록 굳건한 사내의
단단한 다짐도
쓸쓸함을 이기지 못하듯
쓸쓸함은 사랑을 잊지 못한다

바람 이야기 · 1

바람 이야기 · 2
—— 청태콩

유년의 연초록 빛깔들이
철이 들었다는 듯 정좌해 있다가
회한 깊은 장년의 손에 들자
일제히 일어나 사라진다

어릴 적 콩서리
꿈서리

바람 이야기 · 3
—— 나라奈良*

이 밤엔
들려주리라
춘일대사春日大社 어느 석등 아래
묻은 사연 꺼내어
이제는 말귀 알아들을 자식놈에게
들려주리라 벼르는
저 여인
고웁게 머리 빗어 비녀 지르고
문설주 지등紙燈에 불을 밝히다

* 나라奈良 : 일본의 지명.

바람 이야기 · 4
—— 약초산정若草山頂

햇살과
달빛과 별무리

눈 비이거나
바람까지 모이어

날마다 날마다
축제를 벌이느라
나무에게 눈길 줄 틈이 없지요

* 약초산정若草山頂 : 일본 나라奈良시내에 있으며 나무가 없어
  (자라지 않아) 눈길을 끄는 작은 산.

바람 이야기 · 5
—— 옥중기獄中記 · 1

젊은 날
그 풋풋한 세월
강과 산 너머 저 빛 밝은 마을의
울안 뒤켠 광 속 큰 단지에
꼭꼭 숨긴 내 사랑
잘 있는지
왼밤 설치네

바람 이야기 · 6
— 옥중기獄中記 · 2

문구멍으로
세상 보이듯
옥창獄窓에선
사람의 마음이 보인다.

쇠창살에도
물이 오르는 3월
수인囚人들은
저마다
밝은 소리로
겨울을 털어내지만

한恨서린 가슴
아직은 동토凍土

바람 이야기 · 7

── 옥살고獄煞*考 · 1

자다가 문득 일어나
육신을 만진다

여인을 빼앗긴 두 팔과
여행을 박탈당한 두 다리
영혼이 빠져나간 머리

참으로 못난 육신을 내려다보는
옥창獄窓

그래도 밤마다
아름다운 별이 보이는 까닭에 대해
새벽 비둘기 구구 굴굴 구구
설명이 길지만

나는 안다
그 빛남의 별이
그대 밤마다 품고 자는 눈물빛임을

＊살煞 : 사람이나 물건 등을 해치는 독하고 모진 기운. 곧 악귀
  의 짓.

바람 이야기 · 8
—— 옥살고獄煞考 · 2

세상에서 가장 구석진
이 자리가 편안한 건 옥살獄煞 때문일까

겨우내 발가락마다 얼음이 박혀
잠 이룰 수 없었으므로
그래
맘먹은 대로 꿈 한 자락 품지 못했어도
마음이 평안했던 건 옥살 때문일까

까닭도 모르고 갇히어
수번囚番을 훈장처럼 달고 앉아
나갈 날보단 지난날을 헤아리며
스스로에게 고마워하는 건 옥살 때문일까

내 아직 익지 못하여
시련 주는 자 용서하진 못하나
이 봄쯤에 이르러 인생의 유한함을 그들도
깨닫기 바라노니

이 담담한 바람도 옥살 때문일까

바람 이야기 · 9
—— 옥중몽상獄中夢想

충북 사내 허영호가 달려온
남극점 쇠구슬에 쏟을
샴페인을 들고 섰거나
패트리어트 힐의 베이스캠프에서
커피물을 끓여 놓고
시린 눈을 들어
아스라한 빙원 끝을 치키고 있거나
날마다 어둠 쫓는 소리 땅을 울리는
동양일보 윤전실 한 켠
가슴 졸이며 오탈자를 찾는 신입사원
그 까칠한 손을 끌고 포장마차에 들러
뼈추린 닭발에 소주 한잔 따라주거나
지금은 울 때가 아니야
서러움으로 야윈 여인의 어깨를 감싸안고
살아 있음만이 고마운 시대를
곁눈질하며 빙긋 웃거나
그윽히 하늘 한번 올려다보거나

바람 이야기·10
── 그림, 혹은 사진

천지에 지천하나 눈여겨보지 않는 것들만 골라 찾는
사진작가 조유성 여사는 70대 할머니지만 한때 의사 사
모님 젖무덤 파인 검은 드레스를 입었을 때도 미안하지
만 미인은 아니었다 바람난 남편과 이혼을 결심했으나
그 바람을 일으키는 여자도 같은 여자여서 용서를 했을
때쯤 남편은 세상을 떴다 검은 상복을 입으니 영락없는
5·18의 광주 여자였다 석양을 술잔에 담으며 남과 말
없이 지내는 묘안을 찾았다 사진을 찍을 때 말 거는 이
가 없다는 것을 알아 작가가 된 까닭을 아는 것은 셔터
음뿐이었다 차 알 칵. 차 알 칵… 충북 청원군 가덕면 공
원묘지에 묻힌 남편의 영혼도 그의 렌즈 앞에 서면 웃다
가도 굳은 표정이 된다 30년 긴 세월 얼음이 녹지 않는
그의 가슴 속 차갑고 굳어진 마음같이. 웃음도 눈물도
없는 그의 얼굴같이. 액자 없이 빈 벽에 걸려 흔들리는
그의 그림 혹은 사진같이

바람 이야기 · 11
—— 속초 앞바다

밤새 기어 내려온 울산바위에 놀라
바닷물이 와— 수평선을 향해 도망을 쳤는데

아침,
바윗돌 제자리에 서 있는 것 알고는
겸연쩍어 스르르 제자리에 와
골 깊이 파여 있는 모래톱을
미안해, 미안해… 어르는데
불현듯 떠오른 햇살은 송림밭에만 마음을 판다

바람 이야기 · 12
—— 초로初老 풍경 · 1

나는 어쩔 수 없는
한 마리 일벌이었구나

눈부신 4월
바다로 가는 차창 가에서
시시한 시집이나 펼치고 있으니
그러니 철든 자식놈들은 저만치 있고
철없는 손자놈이나 찾아드는

바람 이야기 · 13
— 초로初老 풍경 · 2

나이란 어쩔 수 없구나
황홀한 계절 저 연둣빛
산등에 산벚꽃 꽃 버짐 펴
온몸 스물스물 마음 둥둥 뜨는데도
애써 졸음을 청하는 오후

이 비리비리한 모습 뉘 보면 어쩌려고
아무렇지도 않게 온몸 구겨
졸음 맞을 채비나 하는

바람 이야기 · 14
— 나 또한 그러하여

젊은이들이 뛰면 운동이어서 볼 만하다
늙은이들이 뛰면 오래 볼 수 없다

술상머리
젊은이들은 세상일 때문에 취하는데
늙은이들은 제 팔자에 취한다

시내 한 바퀴 돌다보니
젊은이들은 삼삼오오 하늘에 대고 소릴 지르는데
늙은이들은 외박하고 나오는 듯 땅만 보고 걷는다

— 오래 살아 보아라

올려다볼 것보다
내려다볼 것 많으니

건너다볼 것보다
돌아다볼 것 많으니

바람 이야기 · 15
—— 천당

흙길
물길
하늘길

새길
외길
길든 길
밤길까지

눈길
손길
꿈길마저도
닿지 않아

지옥 가는 길이라도 동행 있는 곳에
마음을 둔다
바람 있어 좋은 세상
부러울 게 뭐랴

늙어 심심해지니
이제야 진정 나는 부자로다

바람에게

생각 깊어
떠도는 이
눈길 밖에 서 있어라

얼굴 묻고
휘휘 돌아도

그 빛남의 모습
나는 알아

어둠 이쪽의 기다림은
새날의 예비련만

새벽 앞은
다시
옷깃 여미는
현실이기
차마

눈뜨기조차 두렵고
두려워라

그대에게 슬멋
묻노니

이제
남은 길 얼마뇨

이래 해 거듭
기다리다
돌이나 될까부다

또 바람에게

왼밤 누구인가
목이 쉬는 부름

세상사 툭툭 털고
길 떠나니
볼 붉힌 자귀꽃 막아서서
이제는 마음 잡고
쉽게 살란다

나도 모르겠다
나도 모르겠다

밤만 되면
배고픔보다 진한
그리움

어쩌지 못해 서성대다
내달아 보면

또다시 그 길

잡지 마라
주름 깊어진들 대수랴
설레임은 언제나
철이 들 수 없는 것을

다시 바람의 집

해는 지고
동토와 사막을 지나 별빛이 비춰 준 곳에 이르니
얇은 화살표 가리키는 곳에 오래된 빈 집 하나
언제부터 문은 열려 있었는지
잘 익은 연각주* 한 동이와
정갈한 책상에 길든 만년필과
무욕의 육신을 담았던 은행나무 흔들의자 어느새 와
있네

내 평생 살던 저 크고 낡은 집에서 많은 밤 지냈어도
편안한 잠 없어 건듯 바람따라 떠다니던 방황의 늪을
향하여
이쯤에서 손을 흔들고
밤이 지나면 유세장 같은 일상을 빠져나와 비로소 해
마중도 나서리
동트는 새벽길 만나는 이들에게 손을 내밀고
저기 저 무산霧山 기슭에 이제야 이사 왔노라고 수인
사를 건네고

휘파람을 불면서 잘 손질된 목선을 타려 하네

찾는 이 아무도 없으나 모든 게 가득한
집
오늘 햇살 눈부시네

* 연각주軟脚酒 : 여행에서 돌아온 이에게 권하는 술.

4

까치내에서

사랑하는 이들은 바다로 갔다
어둠 내리는 고향 길 이쯤에 서니
냇물에 잠긴 별빛들만 여전하다
망초꽃 철없이 낯을 들지만
홀로 돌아온 사람을 위로치 못한다
지친 이에겐 눈물조차 사치인 것을
에돌아 흐르는 냇물은 아시는지

목련

천상의 황제가 천조天鳥의 깃털로 만든 붓을 들어
겨우내 꽃잎 하나씩 그려 살결 고운 천사들 조막손에
들려 보냈습니다 지상에 내려온 천사들은 빈 가지마다
꽃눈을 틔워 축등을 켰습니다 온 세상이 환해지자
천사들은 하늘로 돌아가고 천의天衣 나부낀 자리마다
나는
향내음에 취한 사람들이 꽃만 보고 있느라 내리 3년
흉년이 들었다지 뭡니까

카미유 클로델*을 위하여

생·각·하·는·사·람
사·랑·하·는·사·람
혼·자·있·는·사·람
먼·저·떠·난·사·람

* 한때 프랑수아 오귀스트 르네 로댕(1840~1917)의 연인이었
으나 몽드베르그 정신병원에서 30년간 수용돼 단 한 번도 외
출을 못해본 채 죽어간 청순하고 정열적인 여인에게 바침.

연변 편지

모아산 너머 만무 사과배 과원에
배꽃이 눈부시게 피어날 것이라는
연변 친구의 편지는
4월에 씌어졌지만
5월에야 배달됐다

아마도
배꽃이 피기를 기다린 모양이다.

묘

우린 결국 안개빛의 영혼에서
한 그루 풀꽃으로의 환생을 염원하며
그리고
마지막에는 결국 몇 얼굴을 추억하며
가장 그리워하는 사람 쪽으로 머릴 두고
조용히 조용히 누울 일.

나목裸木 · 1

그대 비록
잎 진 나무라 한들
내 무심할 수 있으랴

파란의 생애도
눈꺼풀 하나로
조용히 덮이는 것을
우리는 반세기가 넘어야 깨닫지만

기다림만으로도 사는 까닭을 아는
그대
어찌 외롭다 허튼말 전하리

나목裸木·2

천지에 이웃은 많아도
나를 맞을 그대는 어디
저마다 외따로 서서
그리움에 떨지만
누구도 성큼 다가서지 못함을
숙명이라 합니까

잎 트고 낙엽되기까지
이 겨울 빈손 되어서까지도
수화手話처럼 말했잖아요
사랑한다고

빈 들녘
바람 속에서 맨살로
끝끝내
그대 품을 수 없어 하늘만 보는 게
운명이라 합니까

그대

소중하기로 너와 비기랴
밤마다 열병처럼 뜨겁게 가슴 달궈
사리를 빚었어도
눈부심 감히
너와 비기랴

돌아선 모습도
석양볕 활활
육신을 사르나니

가을 송頌

철없는 손주놈 나타나듯
피어난
구절초
빈 바람에도
까르르 웃는고나

빈 들녘도
쓸쓸치 않아
종일을 서성이는 노후老後
불현듯
어머니 산소 못 간 세월이
송구하다

젊음처럼 서둘러 떠나가는
철새 몇 마리 등허리에
석양볕 은혜처럼 머물러
빈 들도 눈이 부셔라

10월엔

10월엔 마음에 드는 노트를 사자
떠난 사람 하나씩 기억 일깨워
첫 인연이랑 잊을 수 없는 일이랑
마지막 모습이랑 알뜰히 챙겨
깨끗하게 깨끗하게 새겨 넣자

애써 잊어야 하는 사람의 이름도
단정히 적어 고운 눈으로 보자

운명을 다하여 묻혀 있는 이는
내일쯤 찾아 나서자
마지막 남아 있는 들꽃 몇 송이로
꽃 타래를 만들고
손이 차가운 애인도 불러 앞세우자
10월엔

미호천에서

더 넉넉함 어디 있으랴
마음조차 가난한 이 세상까지 품어
걱정의 말씀 한 마디도 없이
보듬어 오셨음을

사랑보다 더 존귀함 없거늘
저마다 이름에 매달려 목숨을 거는
어리석음도 탓하지 않으심과
도도한 취기가 마지막 위안이던
이 나라 백성들 젊은 날의 그 많은 실수를
다 용서하시고
피곤한 육신들마다에게
매일 잠을 주시니
그 거룩함에
두 손을 모으는 나이가 되었습니다

바라옵건대
이제 남은 일은

강물소리 들리는 초막에 앉아
사람을 잃은 섭섭한 사람과
고향을 떠난 쓸쓸한 사람과
아, 자신밖에 모르고 달려와 지쳐 있는 사람과
남은 길 다정히 가고자
마음을 섞는 일이옵니다

더 욕심이 있다면,
주름진 손 마주 잡고
빈 잔에 노을을 담아 말없이 부딪쳐도
축배가 되는
이 황홀함에
저 어둠 깊이 감사 인사를 묻어 두는 일이옵니다

가을비

이 가을비 바라보고 있는 심사를
이 가을비 바라보고 있지 않았던 자 모르나니
내 그들의 몫 더하여
이토록 종일, 이 밤 깊이까지
바라보고 있나니

이 가을비 바라보는 아침녘엔
낙엽 가득 챙긴 집배원과
우산으로 세상을 가린 사람들
겨울을 향해 사라지고

이 밤에는 돌아선 여인의 좁은 어깨가
마침내 오열의 바람으로
몇 잎새마저 떨쳐내
나무들 저마다 처연히 떨고 있나니

보아라 지상에 그대 만나러 달려와
남 몰래 마련한 초막에

한 점 촛불 밝혀 기다려도
바람의 메마른 손끝쯤
망설임을 털듯 가을비 내리나니
내리나니

낙엽에게 묻노니

알몸의
낙엽에게 묻노니
그대 영혼은 어디에

말 없는 알몸에게 묻노니
그대 생애는 부끄러움인가
부러움인가

표정 없는 알몸에게 묻노니
그대 이별의 밤 뒤척이다 뒤척이다
새벽달 보며 뇌던 이름은 뉘인가
어둠 저편서 훌쩍이던 여인은
누구인가

바다에서

바닷가에서
밤을 새워 본 사람은 안다
절망과 갈망과 희망의 이름으로
파도가 일고
낮과 밤이
좌절과 도전으로 엇바뀌고
달 뜨고 지는 일이
의미보단 현상임을
그러나 그런 이치를 지켜보며
바다에서
밤을 지새워 본 사람은 안다
파도가 매양 아우성치지만
저마다 목숨이 다르듯
삶이란
거느리는 자에 따라
조약돌도 되고 바람도 되는 까닭을
자유와 사랑이
바다보다 더 푸르게
멍든 뒤에야 비로소 눈에 보임을

당신 오신다 하면

당신 오신다고만 하면
햇살 고운 포구에 배를 대 놓고
석 달 열흘도 기다릴 수 있어요

아무도 모르게
신발을 닦고
오랫동안 거울 앞에서 얼굴을 다듬고
철들기 전의 맑은 눈빛으로
와락 달려나갈 연습을 하고

당신 오신다고만 하면
상추 쑥갓 가득 심어
대청마루에 두레반 차리고
모처럼 아버지까지 한자리에서
부잣집 생일날처럼 흐드러지게
대들보 흔들리게 왁자히 웃는 얼굴 보고 싶네요

당신 오신다고만 하면

지금부터 목을 틔워 불러 보고 싶어요
짧고도 긴 말 당신 길 나서면서 들리도록 소리치고 싶
어요

엄 마 아

* 2009.12.12. 어머니 가신 지 18년 되는 날.

시인의 절

초청 문학 강연차 도청 대회의실에 오셨던 미당 선생
이 다녀오신 남미 동포문단에 관해 열강을 하셔서 헐렁
한 방청석의 지역문학인들이 조금은 송구스러웠다 술맛
도는 시간에 마련된 저녁상 머리 지역 문화예술계 대표
들이 풍류 시인의 입맛에 맞도록 정갈한 음식과 술시중
들 아가씨들을 잘 교육해 들여 달라고 눈치 백단의 주인
마담에게 신신당부했는데 정작 술상이 들어오자 유명
시인 앞에서 혹여 실수할까 모시는 사람들 모두 조금은
긴장한 빛이 돌았다 품위 있어 줘야 할 주인마담이 돌연
선생님이 얼마나 유명한 시인인데 술판 분위기가 이러
냐고 다짜고짜 질러대니 미당 선생은 겸연쩍어서 유명
은 무슨… 시시한 사람들이 쓰는 게 시닝께… 술집에선
술 잘 먹어야 유명 인사 되는 게지…라 응수하며 분위기
를 잡았것다. 그제부터 빠르게 술잔들이 오가고 금세 주
기가 올랐는데 저편에 앉았던 아가씨가 저 선생님 시 한
편 낭송할까요라 청하고는 국화 옆에서를 한 자도 틀리
지 않고 낭랑하게 낭송하는 게 아닌가 모두가 숨죽여 듣
고 있다가 끝 구절이 이상없이 마무리되자 일제히 박수

가 터졌는데 갑자기 미당 선생이 벌떡 일어나 시를 낭송
한 20대 아가씨 앞에 서시더니 삼가 절 받으십시오 라며
큰절을 올리는 게 아닌가 이 아름다운 사건으로 이날 밤
12시가 훨씬 넘게 술판이 이어지고 선생은 선돈 주고 예
약된 관광호텔을 마다하시고 주인이 급히 마련한 내실
에서 주무시기로 했는데 이튿날 새벽 해장국 대접하려
고 모시러 갔더니 언제 나가셨는지 문 열어 보니 빈자리
더라며 주인마담 연신 하품이다 얼마 후 사무실에 돌아
와 댁으로 전화를 거니 어제 술 여러 가지로 맛있었다고
선인사를 하시기에 아침 요기라도 하고 가실 일이지 꼭
두새벽에 올라가시면 초청한 저희는 어떻게 합니까라
볼먹은 소리를 하자 이 사람아 나그네란 떠나는 뒷모습
을 보이는 게 아니네라 말마감을 하셨다 내 이제 그 때
의 선생 나이쯤에 이르니 불현듯 그 모습과 말씀이 새삼
그립다

야간열차

언젠가 이승과 인연이 다하면
살아 온 세월만큼의 칸을 달고
저 어둠 깊이로 달리고 달려
마침내 아침, 어느 들녘에 이르러
내 심판의 날에 나서게 되리
가는 길 역 이름 없으나
간간이 붉은, 푸른 등빛을 따라 서둘러
운명하듯 전속력으로 내달아
섭섭커나 두려움 없으리
숙명의 열차 동승자 없어도
인연의 모든 것과 떠나
그저 담담히 맞으리
새로운 운명의 길에선 결코
밤잠 뒤척이는 초조함 없으리

□ 해설

새는 생각을 털고 난다

권희돈 | 문학평론가

새는 생각을 털고 난다

권 희 돈 ∣ 문학평론가

1

조철호 시인의 두 번째 시집 『다시 바람의 집』은 아주 오래된 퇴적층을 연상케 한다. 달빛에 베이지 않고 파도에도 부서지지 않는 채석강 같은 절벽. 그리움과 상처, 쓸쓸함과 연민, 충동과 소망, 비움과 각성 등 켜켜이 쌓인 지층처럼 다양한 무늬로 쌓여 있는 무의식의 절벽. 잊어버리고 억압되었으나 눈으로 볼 수도 손으로 만질 수도 있는 절벽이다. 이 무늬들은 사회적 자아가 만들어 낸 게 아니라, 개인적 자아가 쌓아놓은 것이기에 보다 본연적이고 순수하고 단단하다. 이 절벽의 가장 낮은 곳, 그 지표면 아래 깊숙이 위치한 지층이 어머니에 대한 그리움이다.

조선여자로 태어나

칠남매 낳고 키운 죄

마침내 병을 얻었어도
아무도 알아주지 않았다

오늘도
뒤안에서

혼자 울다
자식에게 들켜버린

속절없는
그 눈빛

낮게 피어 있던 꽃
엄마

—「채송화」 전문

구석진 자리에 죄지은 듯 낮게 핀 채송화로 은유화된 어머니는 시의 화자에게는 성장한 아들이 부르는 어머니가 아닌 맨 처음의 언어 '엄마'이다. 이 엄마라는 단어가 어머니로서의 고단함과 고독함과 쓸쓸한 눈물을 포괄하면서 동시에 강인한 어머니임을 자식에게 각인시

킨다. 또한 아버지가 되어서도 할아버지가 되어서도 어머니는 시간과 공간에 구애받지 않고 마냥 기대고 싶은 전존재인 것이다. 그러기에 새벽에 일어나 빈 길 가로등 불빛을 보고 "양말을 깁다 앉은 채 조는 어머니"(「새벽풍경」)를 연상하고, 까치가 울면 어머니의 밝은 얼굴(「삼겹살을 구우며」)이 생각나고, "종일을 서성이는 노후老後/ 불현듯/ 어머니 산소 못 간 세월이/ 송구하다"(「가을 송頌」)해서, "당신이 오신다고만 하면/ 지금부터 목을 틔워 불러 보고 싶어요/ 짧고도 긴 말 당신 길 나서면서 들리도록 소리치고 싶어요/ 엄 마아"(「당신이 오신다 하면」) '엄 마아.' 이 짧고도 긴 울림의 파장 속에 40년 넘게 쩌렁쩌렁 훈화를 하셨던 아버지(「말씀」)와 아무르 강에서 맨살로 비를 맞고 있는(「아무르 강에서」) 혁명 시인 조명희와 시인이 이웃했던 모든 그리운 사람들이 놓인다. 그러므로 엄마에 대한 그리움의 힘이 시인이 거대한 퇴적층을 쌓을 수 있는 에너지의 원천으로 작용하였다.

2

두 번째 지층은 퇴적층을 쌓기 위해 몰두해 온 여정에 대한 소회이다. 시적 자아가 견자見者의 위치에서 사회적 자아를 연민의 눈으로 바라보는 언술인 셈이다. 한숨 편히 자 본 적 없이(「잠자리」) 일만 해 온 자신을 보고, 몸을 배신하고 제 일만 해 온(「병든 몸을 바라보며 3」) 자신을 본다. 그러니 하늘도 무심히 지나친 게 당연하다고 여긴다. 병든 몸을 객관적 상관물 '병든 무'(「병든 몸을 바라보며 3」)로 대치시키기도 하고, 그러다가 울컥 "고맙단 말 한마디 들어보지 못한/ 무정의 긴 세월"(「발바닥을 만지며」)이었다며, 인간적인 직설을 토하기도 한다.

나는 어쩔 수 없는
한 마리 일벌이었구나

── 「바람 이야기 12」 부분

아마도 백지 위에 자신이 살아온 모습을 곤충으로 비유해서 그려보라면 그는 분명 일벌을 그릴 것이다. 자신을 한 마리 일벌로 의물화시킨 의도 속에는 시적 화자의 왜소함, 쓸쓸함, 서운함, 허전함, 아쉬움 등 복합적인 감정들이 내재되어 있다. 거대한 탑을 쌓기까지 얼마나 많은 사연들이 있었을까. 그러나 시인은 소재적인 것들의 뼈대를 일체 드러내지 않고, 언어 스스로 울려 언어 자체가 소리를 내도록 시적 긴장감을 유지시킨다. 이런 긴장감은 다음 시에서 절정으로 향한다.

눈비 맞으며 찾아간 산사

개심사
마음을 열려다 보니 문조차 없음이라

옷깃을 여미고 돌아다보아도
바람 지난 자리뿐

김장 때 버려진
바람 든 무

— 「병든 몸을 바라보며 3」 전문

　개심사는 어느 공간에 위치한 사찰이 아니다. 자아를 찾기 위한 마음의 절간이다. 어렵게 찾아간 그 절간의 문턱에서 그가 발견한 것은 자아로 들어가는 문조차 없다는 사실이었다. 부질없는 세월이 영혼을 앗아갔을 것이다. 시적 자아는 영혼을 앗긴 육신이 바람 든 무처럼 버려져 있음을 본다. 영혼에 이르는 문은 부재이며 육신은 폐기처분된 물질로 변해 있음을 본다.

3

　인간은 누구나 살아 있는 한 상처를 받는다. 모든 상처는 상처로 가는 길이 있다. 세월이 지나서야 그 길이 보인다. 상처는 검고 단단한 시련의 무늬로 나타난다.
이 어두운 동굴을 통과하지 않고는 빛의 세계로 나아갈
수 없다. 「다시 바람의 집」이라는 퇴적층에도 여지없이
상처의 지층이 뚜렷하게 보인다. "차마/ 눈 뜨기조차 두
렵고/ 두려워라// 그대에게 슬몃/ 묻노니// 이제/ 남은
길 얼마뇨// 이래 해 거듭/ 기다리다/ 돌이나 될까부다"
(「바람에게」) 시인에게 눈뜨기조차 두려운 현실은 남아
있는 삶의 막막함으로 다가온다. 살아 있음, 그 자체가
시리기 때문이다. 이 출구 없는 심리의 내면에는 돌덩어
리처럼 단단한 상처가 도사리고 있다.

한恨 서린 가슴
아직은 동토凍土

— 「바람 이야기 · 6 —獄中記 2」 부분

여인을 빼앗긴 두 팔과
여행을 박탈당한 두 다리
영혼이 빠져나간 머리

— 「바람 이야기 · 7 —獄煞考 1」 부분

동양일보 윤전실 한 켠
가슴 졸이며 오탈자 찾는 신입사원
그 까칠한 손을 끌고 포장마차에 들러

뼈추린 닭발에 소주 한 잔 따라주거나
　　　　　　　　　　　　　—「바람 이야기 · 9 —獄中夢想」 부분

까닭도 모르고 갇히어
수번囚番을 훈장처럼 달고 앉아
나갈 날보다 지난 날을 헤아리며
스스로에게 고마워하는 건 옥살 때문일까
　　　　　　　　　　　　　—「獄煞考 2」 부분

　위 인용시들을 가만히 들여다보면, 문장 밑바닥에 배신의 상처가 응어리져 있다. 세상에 배신의 상처보다 더 큰 상처가 있을까? 배신의 상처는 인간과 인간 사이의 본능적 신뢰기반을 무너뜨린다. 신뢰성을 잃은 인간관계란 회복 불가능한 깊은 상처덩어리를 만들어 놓는다. 이 상처를 어떻게 풀어내느냐가 시인의 앞날을 예측하는 방향키 역할을 한다. 참으로 다행스럽게도 시인은 복수의 칼을 뽑지 아니하고 자신에게 살煞이 끼었다고 합리화(rationalization)함으로써 상처덩어리를 풀어내기 시작한다.

　때로는 신입사원과 소주를 걸치는 행복한 소망적인 꿈(wishful thinking)을 꾸어보기도 하고, 자신을 별빛 눈물로 자리바꿈(displacement)해 보기도 하지만, 종국에는 자신의 영어囹圄를 나쁜 기운으로 돌리며 원망과 불

안과 우울을 극복한다. "이 봄쯤에 이르러 인생의 유한
함을 그들도/ 깨닫기 바라노니/ 이 담담한 바람도 옥살
때문일까"(「獄煞考 2」). 이것이 시인 조철호의 상처 치유
방식이다. 상처의 길을 밖에서 들어가지 아니하고 자신
의 내면에서 들어감으로써 자신을 밝히는 아주 멋진 상
처의 극복 방식인 셈이다.

상처를 받고 상처에서 끝내 헤어나오지 못하는 사람
과 상처를 녹이고 털어내어 타인의 상처를 돌보는 사람.
이렇게 인간은 두 종류로 나뉜다. 시인은 내면을 밝히는
자가 치유를 하였기에 아프리카의 상처 치유를 위한 길
나서기가 가능했을 것이다.

4

시련이 깊을수록 꽃은 화려하다. 그 꽃은 아름답고 향
기롭다. 병상에서의 시련과 옥중에서의 시련을 이겨낸
시인은 화려한 꽃을 피워낸다. 그 꽃은 각성이다. 그러
므로 이 지층은 어둠 속에서 잉태하는 빛처럼 환하다.
각성이 번뇌, 망상, 욕망, 질투, 시기 등 내면에 들어찬
어둠의 언어들을 단숨에 불살라버렸기 때문이다.

"올려다볼 것보다/ 내려다볼 것 많음"(「바람 이야기 14」)
을 깨닫고, "자유와 사랑이/ 바다보다 더 푸르게/ 멍든

뒤에야 비로소 눈에 보임을"(「바다에서」) 알아차린다. "쓸쓸할수록 사랑이 빛나는"(「바람 이야기 1」) 까닭과, "쓸쓸함이 얼마나 빛나는 유업이었는지를/ 또한 어둠이 얼마나 큰 거울이었는가를 알아차리고, 진정한 자아를 보는 밝은 눈을 얻는다"(「바람 가라사대」). "애써 잊어야 하는 사람의 이름도/ 단정히 적어 고운 눈으로 보고"(「10월엔」). "밤잠 뒤척이는 초조함 없는"(「야간열차」) 마음의 평온을 얻는다. 그리고 마침내 생명처럼 반짝거리는 언어를 뽑아낸다.

새는
생각을 털어야
날 수 있다

── 「풍경」 부분

이 짧은 세 줄의 언어는 『다시 바람의 집』 시집 전체를 조망한다. '몸'을 비우는 것이 아닌 '생각'을 비워야 한다는 시적 화자의 언술에 좀더 귀기울여 보자. 새는 어떤 새인가? 화자에 의하면 온종일 보고 느낀 무게로도 날 수 없으며, 버려야 생존할 수 있는 새인 것이다. 여기에 시의 본질인 동질성(identification)이 확연히 살아난다. 새는 곧 화자이며 이 시를 읽는 불특정 다수의 독자이다. 취하고 얻어 채우는 기쁨은 잠깐이지만, 버리고 비워서 얻는 기쁨은 영원성을 지닌 충만한 기쁨이다. 그런 기쁨은 타인에게도 큰 공감을 불러일으킨다. 우리가 취하고 버려야 할 것은 근원적으로 '생각'이다, 라고 사자후를 토해낸 셈이다.

5

무의식의 지하 저장고에 꼭꼭 숨겨져 있는 보물은 시적 화자의 꿈이다. 그 꿈은 "나누고 나눠도 줄어들지 않아/ 늘 가득하고 가벼워/ 흘러 다니는데 짐 되지 않는"(「꿈」) 꿈이다. 그 꿈의 목적지는 내 편히 쉴 집이다. 언제나 문은 열려 있고, 잘 익은 술이 있고, 정갈한 책상과 길든 만년필과 은행나무 흔들의자가 놓여 있다. 찾는 이 아무도 없으나 모든 게 가득한 집이다. 그 집을 향하여 길 떠남이 장중한 퇴적층 저 아래 숨어 있는 보물인 셈이다.

길 멀어
닿지 못해도
오늘은 떠나야 하리

그곳에

내 집

있

으

므

로

── 「바람의 집」 전문

    집으로 가기 위해서는 문을 열고 떠나야 한다. 강을 건너고 언덕을 넘을 것이다. 벌판 너머 까마득한 곳에 보이는 집. 그러나 그 집이 내 집은 아니다. 정말로 내 집에 당도하기 위해서는 잠에서 깨어나야 한다. 생각을 모두 털어내어 머리를 공명통처럼 비워야 한다. 내면의 깊이를 산책하며 경이감에 가득 차야 한다. 그러다가 순간 평화가 넘쳐흐를 때 비로소 집에 당도한 것이다. 그때 평화의 노래가 나온다.

젊음처럼 서둘러 떠나가는
철새 몇 마리 등허리에
석양별 은혜처럼 머물러
빈 들도 눈이 부셔라

── 「가을 송頌」 부분

6

반복되는 얘기지만, 시인의 꿈은 가슴 깊은 곳 지하저장고에 보관되어 있다. 그 꿈에 이르는 길이 집에 이르는 길이다. 이미 가졌으되 잃어버린 꿈, 그것은 시인을 절망의 문턱에서 구출한 보석이었다.

신문을 만드는 현장에서, 투르판의 혹한과 에티오피아의 황막한 고원에서, 심지어 암과 싸우던 병실에서조차도 나를 따뜻하게 감싸안았던 시에게 감사한다.
—「시인의 말」 중에서

시가 바로 그의 꿈인데, 시가 바로 그의 본질적 자아인데, 시가 바로 그가 당도해야 할 집인데, 그가 당도해야 할 목적지는 시인데, 어지러운 세월이 그 꿈을 시시한 것으로 치부하게 만들었다.

바다로 가는 차창 가에서
시시한 시집이나 펼치고 있으니
—「바람 이야기 · 12」 부분

시집 앞에 붙은 '시시한' 수식어는 물론 자조적인 표현일 것이다. 그렇다 하더라도 앞에서처럼 절망 가운데

에서도 생명을 지탱해준 '연금술로서의 시'와는 너무도 큰 인식의 차이를 보인다. 바다로 가는 차창 가에서 시집을 펼치고 있는 초로初老의 노신사, 얼마나 멋진 그림인가! 시는 분명 그에게 마지막 남은 '돌멩이 수프'가 아니던가! 그러니 사회적 자아와 "이쯤에서 손을 흔들고"(「다시 바람의 집」) 하늘이 준 자원인 시에게 정중히 옷깃을 여며 보면 어떨까?

바리데기 공주가 서역 만리 먼 길을 돌고 돌아 온갖 고초 끝에 자신의 옹달샘에서 생명수를 찾았듯이, 시인 조철호가 삶의 온갖 고초 끝에 다시 시를 얻게 된 것을 축하드린다. 이제 내 갈 곳이 어디냐고 바람에게 묻지 않아도 될 것이다. 『살아 있음만으로』(제1시집), 『다시 바람의 집』(제2시집)에 이어 제3시집에서는 세상에 평화를 가져다주는 시들이 은총처럼 주렁주렁 열리기를 기대한다.

조철호 시인

1945년 청주 출생. 청주고 · 청주대 국어국문학과 졸업.
충청일보 · 합동통신 기자, 연합통신 취재반장,
충북지국장을 거쳐 동양일보 창업.
《월간문학》 신인상으로 등단. 저서로 시집『살아 있음만으로』,
장편 여행에세이집『중국대륙 동서횡단 2만5000리』,
중국어판『들끓는 중국』이 있음.
충북문인협회장과 충북예총회장을 역임.
충청북도문화상, 중국 장백산문학상을 수상.
현재 동양일보 회장. 한국시낭송전문가협회 회장. 충북예총 회장.
e-mail: joch45@hanmail.net

다시 바람의 집
조철호 시집

초판 1쇄 발행일   2013년 8월 21일
2쇄 발행일   2013년 9월 23일
지은이 · 조철호
펴낸이 · 김종해
펴낸곳 · 문학세계사
주소 · 서울시 마포구 신수로 59-1(121-110)
대표전화 · 702-1800   팩시밀리 · 702-0084
이메일 · mail@msp21.co.kr
홈페이지 · www.msp21.co.kr(문학세계사)
www.seein.co.kr(계간 시인세계)
트위터 · @munse_books
출판등록 · 제21-108호(1979.5.16)

값 8,000원
ISBN 978-89-7075-571-7   03810
© 조철호, 2013
*이 시집은 충북문화재단 기금으로 제작되었습니다.